# 흉터 쿠키

이혜미

# 흉터 쿠키

이혜미

PIN

042

# 차례

## 1부

## 2부

## 3부

PIN

042

# 흉터 쿠키

이혜미

시

1부

# 원테이크

그러니까 우리가 신이 운영하는 카페에서 갓 내린 영혼을 테이크아웃 해온 거라고 믿는다면. 하나뿐인 몸에 일렁이는 마음. 다시 돌아가 무를 수도 없는 첫 모금이 시작된 거라면

너를 봤어.

넌 태어나지 않기로 결심한 사람처럼 문가에 앉아 있었지. 얼음이 녹아갈 때 마음의 겉면은 맑고 슬픈 액체를 흘린다. 투명하고 아름다운

잠시

너는 플라스틱 컵, 깨진 액정, 한쪽뿐인 이어폰, 이면지, 어설픈 맞춤법, 끝물 과일을 사랑한다고 했

어. 불완전해서 유일해진 것들만을

　인간은 자신 아닌 모든 것을 영원이라 부르지. 미
래는 이미 끝나버렸고 옛날은 아직 시작되지 않았으
니까. 일회용 컵을 씻어 물을 마시고 구멍을 뚫어 흙
을 채우고 식물을 심으며, 다시 태어날 것을 몰래 믿
으며

　매장에선 끝없이 음악이 흘러나왔어. 다정한 사람
들이 무심히 노인이 되어가는 동안. 두 번 없고 2절
없는 단순한 무한

　너를 훔쳐보며 하루치의 시간을 마시다가 지금이
나의 마지막 신이라는 걸 눈치챈 순간 남아 있던 영
혼이

뜨겁게

탁자 위로
엎질러졌다

버려진 영수증을 주워 펼치면 음용 시 주의사항
이 작은 글씨로 적혀 있었지 : 오늘의 감정에는 오
늘의 책임이 필요합니다

## 침대에서 후렌치파이

옛날을 이불처럼 걷어 툭툭 털고 볕에 내어 말릴 수 있겠니, 손톱 끝 우수수 쏟아지는 부스러기들을 모아 기억만으로 시절을 넘어설 수 있겠니, 문구점 앞 새빨간 슬러시를 훔쳐 도망가다 컵을 엎지를 때, 화단의 튤립을 뽑고 막대 사탕을 심을 때, 놓쳐버린 구슬들이 웅성웅성 귓가에 부딪힐 때, 최선을 다해 망쳐버릴 거야, 손톱을 물어뜯으며 사정없이 못생겨질 거야, 사소한 온 생을 걸고 팔다리를 아무렇게나 휘저으며, 드넓어지며, 묵은 이불들이 켜켜이 쌓인 옷장에 숨어들어, 납작해져야지, 조금씩 흩어지다 흔적으로만 남아야지, 베개맡에 감춰둔 나쁜 낙서들을 베어 먹으며, 이빨이 모조리 새까맣게 변하기를 기다려야지, 부서진 빛의 조각들이 입술의 위성처럼 떠돌던

# 음

마음도 음이구나

손님이었다면 아주 오랜 배웅이었다는 생각이
들어 비행기가 그림자를 떨어트리며 지나가는 여름
정원에서 나는 놓쳐버린 백작약에 골몰하느라 내내
펄럭거렸지

잎사귀의 뒤편에서 흘러나오는 투명한 날개들이
었어 손가락을 길게 뻗어 떨리는 악기가 되려고, 참
았던 오열을 쏟아내는 여름 꽃의 목격자가 되려고

돌이켜보면 헝클어진 속내였겠지 음…… 대답을
미루는 얼굴을 살피며 잠시의 호흡과 모여드는 귓
속말을 얻고 싶었어 작은 흔들림에도 서둘러 웃음
을 깨트리면서

비슷한 각도로 기울 수 있다면 좋겠어 같은 음악을 듣는 지금이 너무 거대해 전생처럼 느껴지니까 우리는 미래를 모르는 대신 음악을 선물 받은 거야 모르는 시간을 알아가는 사건이 모여 세계의 형식을 만드는 것처럼 생각이 서로에게 얽히고 무너지다 문장이 되고야 마는 것처럼

군이 음표로 매듭짓지 않아도 좋은 소리가 있겠지 이건 계절의 한 좌표에서 그림자와 잠시 함께하는 이야기, 태양과 비행기와 손님이 겹쳐지던 순간을 여름의 작은 합창이라 불렀다는 그런 이야기

# 흉터 쿠키

쿠키를 찍어내고 남은 반죽을
쿠키라 할 수 있을까

뺨을 맞고
얼굴에 생긴 구멍이 사라지지 않을 때

슬픔이 새겨진 자리를
잘 구워진 어둠이라 불렀지

분명하고 깊은 상처라 해서
특별히 더 아름다운 것도 아닌데

마음이 저버리고 간 자리에 남은 사람을
사람이라 부를 수 있나

알맞은 테두리를 얻기 위해
도려내진 잔해를

덮지 못한 무덤이 되어
몸은 세계로 열리고

우리는 통증으로부터 흘러나와
점차 흉터가 되어가는 중이지

부푸는 것을 설렘이라 믿으며
구워지는 쿠키들처럼

## 모르므로

  슬픈 꿈은 여기까지만 꿀게요 엇갈린 빗줄기들
이 많아서요 갈비뼈 사이에 구름이 자욱해서요 장
마가 온대도 빌려줄 머리카락이 없네요 흐르므로,
시간은 그대로예요 사람이 떠나가죠 그런데도 나는
겹쳐진 순간의 침묵을 후회하는군요 마음을 헌 그
릇처럼 내어주고 그냥 잠시 기대 있으면 어때요 구
름이 꼭 비를 위해 모여든 것이 아니듯 마주 댄 손
이 언제나 기도는 아니듯 마주침이 꼭 잇댐으로 이
어질 필요는 없잖아요 큰비가 오면 쓰러지기로 마
음먹은 나무처럼 안개가 얼굴에 그려준 무늬처럼
조금 더 흐느껴도 괜찮아요 모르므로

# 라파이티

> 우리가 이 세상을 정확하게 지도로 그린다면
> 우리가 그리는 지도 역시 그 지도에 그려 넣어야 한다.
> 그 지도 속에는 다시 세상이 들어 있어야 하고
> 그 세상 속에는 다시 지도가 들어 있어야 한다.
> — 조슈아 로이스, 「한없이 깊어지는 지도」

귓속에 검은 튤립을 심었다
스스로 모여드는 중심을

꿈에서 배운 언어는 아름다웠지
하나의 이름을 발음하면
수십 개의 지명이 불려 나왔다

비밀이 무수히 많은 독백을 거느리듯이

말을 짓고
그 말을 믿는 일은
아름다운가 끔찍한가

드리우는 내내
자신의 영토를 의심하지 않는 빛처럼

거짓말은 구해 얻은 진실이었어
혼자 세운 왕국의 헌법이었어

귓바퀴에서 자라난 잔뿌리들이
빈틈없이 심장을 뒤덮으면

캄캄한 꽃잎을 켜 들고 섬에 도착한다

무늬목처럼 서서히 부푸는
가짜 마음

# 여름 자두 깨물면서

풍선의 안쪽을 들여다본 적 있니. 말랑한 거품 속에서 일렁이는 희고 고운 숨소리를.

세상은 팽창하고 있어. 바람이 숲을 열어젖히면 나무들이 일제히 휘황해지듯. 어린 새들이 터지기 직전의 오후 쪽으로 황급히 날아오르듯. 과실들의 부피에는 비관이 없고.

행성의 심장을 딛고 서서 입안을 구르는 무지에 대해 이야기하는 일. 과육에 점령당한 씨앗을 기다리는 일. 그건 우리가 함께 나눈 계절의 작은 유희였으니까.

반짝이는 궁륭을 짓고 새로 돋은 이파리를 모아 왕관을 엮는다면 자두의 환한 세계로 입장할 수도 있겠지. 좋은 냄새를 가진 동심원과 먼 곳들을 선물받을 텐데.

기분의 단면을 본 적 있니. 아무리 얇게 잘라도 기어코 생겨나는 양면을. 그래서 포옹은 하나가 될 수 없는 서로의 확인이야. 껴안은 품이 환하게 열리는 자리에서 열매는 언제나 되돌아오고 이름의 모서리는 닳아가지.

나무의 숨이 울창해지면
무구하고 무수한 색들이
손목을 타고 흘러내렸어.

## 네토

사랑으로 더럽히고 싶은 것이지요.

다른 몸을 헤매는 동안
밤을 비추는 안부들.

아내는 인사하고 배웅 받는 중입니다.
남겨진 검불들을 쓸어 모으며.

어지러운 공사장의 관능,
웅크린 새들의 자세,
숨겨진 문 뒤의 길들임,
딜도처럼 회전하는 달의 궤적과
성에 낀 겨울의 창문,
육즙 흐르는 소고기와 식어버린 스프 같은
몇 가지의 가능성을 알고 있을 뿐

더러운 관객은 아닙니다.


사랑은 멀고 관능은 가까워
또 다른 뿌리들을 얻게 되지 않습니까.


깨어진 잔에 입술을 스치며
감추어둔 검은 꽃을 들킬 때.

## 하필이면 여름

뭘 겁내 못 되돌려 그냥 지금 바라봐 여름이 장
전한 눈빛을 알잖아 이제 와서 헤아리는 심정 생각
보다 깊이 묻혔던 자기야, 부를 수 없이 저기요 별
것도 아닌 일에 뒤돌아보는 고개를 봐 언제까지 저
뜨거운 뿌리의 자장을 외면하겠니 우리 본 적 없지
만 기꺼이 너그러이 마음을 내어줄게 자기야 작약
이 세계를 찢으며 터져 나오는 순간이야 하나의 장
면이 태어나고 마는 기쁨으로 그러니 스스로의 무
게에 놀라 고개를 떨구더라도 아름답기를 포기하지
말자 이른 낮잠처럼 자장자장 다독이며 사라지려는
꿈을 애써 덧대며 마음을 멈추지 말자 꼭 쥔 주먹을 조
금씩 펼쳐내는 힘으로 휘몰아치는 작약에게 속삭이
지 네가 나였으면 좋겠어 저기에서 자기까지 단숨에
피어나도록 스스로의 숙근을 자전하며 애태우며
서로의 문간을 서성이며 안녕 안녕 궤도를 맴돌다

서투른 허밍을 흥얼거리며 별의별 것이라고, 다시 없을 우주라고 속삭이며 토닥이며 자장자장 자기야, 잠드는 작약이야

# 전생기념관

찢어진 깃발들이 휘날리는 국경일에
느리고 거대한 몸들을 생각한다

기일이 곧 생일인 우주가 있어

깊숙한 발자국을 후대로 보내기 위해
오래 나뭇가지를 씹는 초식 공룡처럼

바라볼수록 희미해지는
꿈의 색깔처럼

그곳엔 손 그네를 태워주던 젊은 부모가 있고
지워진 얼굴들과 아름다운 파지들이 많아서

사라질 수 있을 것 같다

저녁을 선물 받은 그림자처럼

희박해진 몸을 털고


전생을 기념하는 이상한 박물관에서

비대한 슬픔이 우리를 기다린다


죽은 사람들을 위해

노트 맨 앞 장을 비워두는 습관


어째서 생일은 한 번뿐일까

마음은 묻히기도 전에 발굴되는 화석 같았다

2부

○ ○



얼굴을 굴리며 나아갔다. 생각이 침묵으로 부풀린 풍선이라면 머릿속을 따스한 공기로만 채울 수 있었겠지. 걸음마다 행성의 이름을 붙여볼 수도 있었을 거야. 소식들은 미지의 궤도를 오가는 작은 우주선 같았으니까.

어디서 이렇게 얼룩진 마음을 모아왔냐고 묻지 않았어. 한쪽이 더 크고 무거워야 눈사람은 완성되는 거잖아. 동그라미는 구르며 커져간다. 서로 다른 궤도를 맴도는 중얼거림으로,

교차하는 폭설의 좌표를 가늠하는 빙판 위에서…… 기분을 눈송이처럼 어루만질 때 손끝에서 뒤늦은 물음이 흐르는 걸 봤어. 고개를 끄덕이지 않고도 말할 수 있었지. 평등한 동그라미가 위태로운

대답이 되는 순간을.

눈사람은 점점 더 뚱뚱해지지. 무뎌진 생각을 뭉쳐 만든 소용돌이의 힘으로, 세상 흰 슬픔들을 다 먹어치운 육체로…… 몰려온 빛의 무리들을 그러모았다. 빌려온 체온에는 되새길 시간이 필요하니까. 어수선한 침묵으로 빼곡해진 눈보라……

다가선 사람의 얼굴이 문득 다른 이들과 구별되지 않을 때, 나는 멈춰 서서 가장 최소의 단위로 존재하는 방식에 대해 고민하기 시작했지.

## 고양이를 기다리며

나는 당신이 좋군요.
이윽고 어제가 오네요.

가만히 놓여 있는 아침에는
눈꺼풀이 영영 닫힌 창문 같아요.

사람은 이상하네요.
특별하고 싶은데
서투른 이름들뿐이네요.

당신은 실패한 일요일 같군요.
내가 이렇게도 쉽게
비문을 속삭이는데도요.

새롭고도 이상한

고백이 필요했어요.

할퀴는 동시에 안겨오는
다감한 말들이.

## 스파클 다이브

넘치는 거품의 중심으로 뛰어들었어. 투명한 폭
죽의 와중으로.

새벽에는 어둠이 다 빠져나갈 만큼 긴 날숨을,

이른 아침에는 온몸이 파도로 가득 찰 만큼 느린
들숨을.

잠은 밤새도록 스스로를 바라보는 시선이어서

몸 안에 쌓인 공기 방울이 부글부글 차오르지.

생각에도 거품이 있다면 서둘러 시든 꽃을 떠나
보내고

아침의 무딘 몸 안으로 호흡과 음악을 초대해야지.

선물 받은 봄을 그릇장에 넣어두고

뜨거운 눈빛이 쏟아지는 광장으로 나아갈 수 있을까.

춤추는 말괄량이 언니들, 우리는 발생하는 중이지.

무수해지는 색들의 연결로. 서로에게 묶어둔 머리카락의 매듭으로.

새들이 서로를 부르는 다급하고 상냥한 지저귐으로.

눈을 깜빡이는 자리에 신은 잠시 앉았다 가는 거야.

흘려둔 빛을 모아 겨울잠을 준비하는 나무들에게 선물하려고.

뭘 잃어버렸니? 물어오는 다정한 언니들과 함께.

마주 보며 호흡할 때 우리는 서로에게 부드러운 물결을 선물하는 거야.

꿈의 해변가를 따라 피어나던 파도를 주워 모으며

기포들의 솟구침으로 순간이 태어나는 일을 믿으면서.

# 움

뜻과 의미의 둘레를 믿고 있어

발음하면 동그랗게
입술이 모여드는 자리를

옮겨 심은 묘목의 당혹
끝나지 않는 산책로와
손 닿지 않는 서성임에 대해

돋아나는 기억과
바람의 앞니에 대해 듣고 싶어

짐작한 색으로 문장을 칠하고
공기를 헤아려 쌓는다면
감정에도 거처를 지어줄 수 있을까

알고 싶어

네가 가져온 반짝임이

어디까지 이르는지


기다린다


쏟아지는 낱말들의 집이 되려고

# 달사람

윤달 밤 태어난 아이는 보이지 않는 손을 얻는다지

달에도 귀신이 있을까 줄지어 문 속으로 걸어 들어가는 이들을 떠올린다 훔쳐 마신 바닷물에선 달에서 벗겨낸 비늘 냄새가 흥건했고

월출녘에 잠들지 못한 사람들은 달에게서 꿈을 대출하지 잠을 갚지 못한 밤의 창구에서 바다는 분주히 오가고 달 빛이 쌓인 사람들은 눈꺼풀이 점차 투명해지네

밤을 저지른 탓에
다 쓰지도 못할 구덩이를
영예로이 짊어지고

달귀신들은 자정의 언저리를 따라 헤매네 잠이
라는 다정한 폭력 속

　달지옥엔 얼음 털을 가진 짐승들이 돌사막을 걷고
눈칼과 유리로 짠 그물이 있지

　너무 많은 빛을
　아직 이른 죄를

　눈을 감아도 세계가 환히 보인다면 새로 얻은 손
가락을 들어 달을 가리키면 돼 모두가 너의 손짓에
기뻐하지 그건 언제든 흉내 내고 싶은 빛이었으니까

여지


그런 사람 있었지

문 앞에 시든 꽃을 놓아두는 사람

어렵지 않았어 쇠락해가는 정원일 뿐이니까

다시는 눈에 띄지 말라고 했어 아니면

다 잊어버리고 저녁 한 끼 하자고

곤란한 선물이지 썩어가는 꽃다발의 맨발처럼

지우다 만 타투를 바라보며 지난밤의 목소리를
떠올리면

드러난 팔목에서 초승달이 선명하게 돋아났어

얼굴을 보여줄 때 표정의 한구석을 남겨두듯이

멀리 두고 떠나온 기별에 다시 상처 입을 때

그저 전생을 잔뜩 짊어지고 이 방을 헤매면 어떨까

추운 꿈속으로, 죽은 꽃을 껴안고 잠든 사람에게

허락된 넓이로

## 동백 독백

피었어
한시의 몸에 차오른 불멸이지


동백은 끝없이 발사되는 총구 같고
총알이 지나간 자리를 오래오래 더듬는 핏자국
같다 불안에 물을 주며 가꿔낸 날들이 분수처럼 솟
아오르고


동백은 자조하기 전에 낙하한다고 중얼거렸지
내뱉어진 봉오리에 입술을 데이며 홀로에게 말을
건넬 때 안쪽을 향해 울려 퍼지는 총성이 들려, 꽃
이 피었어라고 시작하는 편지를 쓰다가 아직 식지
않은 잉크를 엎질렀지 가엾게도 늦겨울에 심장을
꺼내다니

입안에 뜨거운 총구를 밀어 넣으면 몰려간 생각을 주위 담을 수 있을까 생사를 관통하는 충격 속에서 우리는 잃어버렸던 처음의 조각들을 발견해낸다 총에 맞은 사람이 별안간 전 생애를 선물 받듯이

뚝 뚝 떨어지는 붉은 손짓들을 문질러 닦으며 동백은 나무를 찢고 태어난 상처, 흐르는 피의 중심이라는 것을 알아차렸지, 꽃은 *피었어*

# 빈

흩어지는 말들

사라지는 말들

제 속을 떠돌다
스스로 잦아드는 말들

비어서 흐르는 공간처럼

사라지기에 가능한 소리들처럼

흩어지는 말들

사라지는 말들

비어 있어 비로소 노래하는 입

소용돌이치는 울려 퍼지는 튀어 오르는

텅 빈 악기의 마음으로
물결치는 물결치는 물결치는 목소리

스며드는 목소리

솟구치는 목소리

침묵을 휘저으며 입안을 맴도는

혀

## 슈슈

넌 또 울지

물의 끝을 찾으려는 사람처럼

핏줄의 실타래를 엮으려는 손짓으로

들려? 고개를 갸웃하는 너의 등이

꼭 웃음으로 쌓아 올린 제단 같다

어깨―슬픔에게 허락된 영토에서

너는 웃고 무너지네, 표정을 힘껏 구겨 던지려

의도 없이 체념 없이

심장의 궤적을 들킨 오늘

네가 눈물의 수집가라면 좋겠어

그러면 뒷모습을 모아둔 사람에게서

새로 지은 날개를 얻어올 수 있을 텐데

슈슈, 웃음이든 울음이든

결국은 인간의 계이름일 뿐

의도 없이 체념 없이

어디 있어? 따라오는 눈길이

따듯한 족쇄처럼 느껴질 때

춤추는 것들은 다 어린 신의 장난감이야

알잖아 슈슈, 눈물을 곡이라고 부르는 이유

## 스크래치

종이를 찢어
쏟아져 나오는 빗소리를 재생한다

너는 물었어
입안이 서서히 따듯한 피로 물드는 감각에 대해
아문다는 말이 가진 아름다운 발음에 대해

*비 내리는 방을 가지고도 문장의 춤이 필요한가요*

스웨터의 보풀을 뜯어내며
한없이 열리기만 하는 유리창을 떠올린다
은색 비늘의 물고기들이 헤엄치던
손목의 수심을

*예쁜 무늬네요*

가지런히 그어진 흠들을 쓸어보면서


겨울 장미들은 가시가 붉지
얼어붙은 정원 난간에 매달려
핏줄의 형상을 되새기듯이


더 많은 반짝임을 얻기 위해
지어 얻은 비밀들이 필요했다


다급히 건네받은 편지의 울상과
앞 장이 찢어진 책의 발설처럼


무채색의 몸을 열어 기다리던 색을 꺼내놓으며
상처로서 아름다워지려면
낯선 생을 한 번 더 살아내야 한다고

궁금해 너는 베개 밑에
아직도 날 선 초승달을 키우는지


봉투를 열어 가둬진 갈피들을 떠나보내고
손등까지 드리워진 자국들을 따라
흉터의 안쪽까지 도달하고 싶어


슥 슥 심장을 스치며
운석이 밤하늘에 주저흔을 그려놓듯이


밑줄들로 가득한 빌린 책에
문장 하나를 보태 적듯이

3부

# 비가 물의 결심이라면


쏟아지는 공기 사이에서
비닐우산의 가능성을 생각한다


비 오는 날에는 깨어진 바닥에 대해
희박한 어둠에 대해, 결국


죽은 자들에 대해 말할 수밖에


놓쳐버린 비에 골몰한다면
우린 무한도 만들어낼 수 있을 테지만


창문 글씨가 물방울로 흘러내릴 때
생전이라는 말뜻을 짐작한다


더 투명한 이야기를 지어야지

가지는 동시에 놓아주고 싶으니까

순간을 매듭짓고 풀어내는 비처럼


구름에서 얼음에게로

낯선 방향이 고여드는 동안

## 달팽이 잠

축축하고 슬픈 병 이야기입니다

거대한 달팽이가 얼굴에 달라붙어 천천히 기어 가고 있었습니다 끈적하게 더듬거리는 밀물이었어 요 떨리는 눈가를 만지면 밀도 높은 안개가 방 안으 로 흘러왔습니다 이미 눈 감은 채 태어났으니

흉몽에 휩싸여 분주한 시절이겠습니다 축축해진 눈가를 더듬으며 민달팽이의 완연함을 떠올립니다 어둠 속에 감춰진 주름을 건져내면 생각의 페이지 가 달라붙듯 떨어지고 처음 보는 사람들이 다가와 다정히 이마를 맞대었습니다 *이해해요, 저도 이렇 게 먼 곳인 줄 몰랐으니까요*

기억 받지 못 하는 고백들이 가는 나라가 있다고

들었어요 폐기된 가능성과 재활용할 질문들이 아무렇게나 쌓아 올려져 있는 곳, 더러운 물속이지요 마음에 물들어 버려졌으니

병자와 연인의 공통점은 침대에서 만져지고 모로 누워 바라보는 것 상처를 향해 활짝 열린 품입니다 귓바퀴에 숨과 물이 모여들면 밤의 손끝이 양해도 없이 맨몸을 휘감고

*괜찮아요? 꿈을 떨어트리신 것 같은데……*

덜 자라난 물의 촉수들입니다 엎질러져 바닥을 만지던, 몸이 세계로부터 흘러나온 얼룩이라 믿을 때 잠은 끝내 닫히지 않는 괄호라는 걸 알았어요 자꾸만 귓가에서 빛을 흘리며 빠져들던 흰 늪에서

## 불의 안쪽


환한 구석을 알아보고 기꺼이 다가가 만졌지
세 번째 귀가 돋아날 때까지


두려워졌지 언제까지 계속될까 이런 장면
이런 온도가


화염에도 데이지 않는 목소리를 가지고 싶었어
휘파람을 불어 굶주린 새들을 달래고
낡은 악기의 테두리를 따라
영원에 가까운 대답을 들으려 했지


그래도 될까
풋것인 투정을 엎질러
멀어지는 너의 등을 더럽혀도 좋을까

그을린 심장의 와중이었지 곁눈이 발달한 새처럼
서랍 뒤쪽에 붙여둔 부적이 서서히 휘발하듯이
놓쳐버린 무늬와 의미들은 어디로 가나

불안이 번창할 때까지 바라봤지
손톱에 적힌 맹세의 말들을

안으로만 연주되는 선율이 있어
태어나기 전부터 알았던 높낮이로

헤매도 좋을까 스스로 지어낸 불길 위에서

어스름의 넓이와 품의 깊이를
불러올 수 있을까 끝없이 생겨나는 언어들을

입술의 흥망성쇠를 가늠하며
미래를 잠시 재워두려 해
타고 남은 음악에서
새로운 약속이 흘러나오도록

## 비문 사이로

얼굴이 사라질 때까지 걸었다. 이마에 얹히는 부
드러운 흙의 질감을 느끼며. 모르는 장면을 향해 조
금씩 다가가는 경외로. 육체를 잊어가는 영혼의 기
쁨으로.

사랑과 사라짐이 멀지 않아서
어떤 애도는 끝나지 않는 산책 같았지.

비석들은 누군가 턱을 괴고 기다리는 창문 같고
외로움이 고여 쌓인 종유석 같다. 푸른 용광로에서
녹아가는 사람들. 무덤이 죽음을 굳히는 중인 거푸
집이라면 너의 손을 잡고 먼저 떠난 이들의 창가로
가야지. 놓쳐가며 이루어내는 걸음으로. 닿지 않는
곳을 떠올리면 조금 더 살아 있는 듯했으니까.

뒤덮인 이끼 냄새를 맡으며 잠든 자들이 각자의 반원 아래 깃드는 지금. 꿈꾸던 미래를 미리 가진 듯했어 서로에게 다정히 기댄 어깨를 지나 오늘은 나에게, 내일은 너에게[*]

조금만 더 걸을까,
그림자를 겹치며
돌아가는 법을 잊은 사람들처럼.

[*]  Hodie mihi, cras tibi, 로마의 공동묘지에 새겨진 문장

## 숨은 새

책장을 넘기며
날개를 꺼낸다

어두운 페이지를 깨트려
주어진 여백을 따라

갈피의 빛을 배웠지
펼치면 달아나는
새의 기척을

작은 속삭임에도 눈가를 물들이던
떨림의 주파수를

숨은 우리가 창조한 공기의 단위
투명하게 펄럭이는 깃발이었어

좋아해
밭아진 소리를 주고받으며
여기를 만들어내는 모험을
오래 머금어 깊숙해진
부름을


책이 수많은 빈틈으로 이루어진 건축이라면
접힌 그늘만큼의 부피를 품어 안겠지


공중을 안쪽으로 당겨 앉히기 위해
호흡의 태엽이 조금씩 감기는 지금


엎질러진 의미들이
손가락을 딛고 날아간다

속삭여봐

호수를 은빛으로 채점하는 물수제비처럼


사이에서 자라난 낱말들이

새로운 방향을 얻도록


무수히 깃털을 내어놓으며

틈새를 태어나게 하는 휘황으로

## 우리에겐 아직 약간의 날개가 있으니까요

차가운 비는 자라난 순록의 뿔 같습니다.

지붕에서 피어오르는 희고 무른 날갯짓.

휘도는 생각의 한때입니다.

눈 마주칠 때 우리는 시선의 깃털 아래 헤매입니다.

씨앗이 참았던 방향을 풀어놓을 때

나의 시선은 비행운처럼 선명하게 사라지지만

당신의 눈빛은 사방으로 흩어져도 오롯합니다.

우리는 싸우다가도 문득

서로의 흰머리를 뽑아주는 사이니까요.


흰머리는 날아갈 준비를 하고 있는 천사의 깃털


서서히 가벼워지는 민들레 홀씨입니다.


사소한 날개라도 괜찮겠지요 이마에서 물의 뿔
이 돋아나는 새벽에


잠든 당신의 얼굴을 바라보며 훗날의 해골을 떠
올리듯


조금씩 비행법을 익혀가기로 합니다.

현명한 고슴도치처럼 부드럽게 가시를 돌보며


너무 오랜 전생을 약속하지는 않기로.

# 은월

질문을 던지고 훔쳐봤지
흐려지는 옆얼굴을

물그릇에 손을 담그면 반쯤은 젖은 기분
반쯤은 말라가는 기분

흰 장막을 들춰 밤의 안쪽을 만났다
조금씩 환해지는 은밀을

가려진 달의 얼굴은
물이 마른 자리에 서린 얼룩 같았어

기만과 고백 사이에서
나는 반쯤 빛나는 사람
반쯤은 썩어가는 안쪽

불분명한 미소의 이음새를 따라
투명한 점선을 그렸다

감춰진 마음의 각도를 만져보려고

담장 위로 고개를 내민 아이처럼
네트를 스치는 배드민턴공처럼

월식이 온다
사랑을 잠시 엿본 얼굴로

# 달 속으로 무지개 회오리 깃들 때

삼색 고양이의 뒤섞인 색은 요정이 칠해둔 먼 나라의 유화야.

눌러 담은 파인트 아이스크림이 서로의 색을 참견하듯이

서투른 감정의 꼬리를 따라 눈가의 언저리를 걸으면

낮달에서 순한 빛이 흘러나와 얼굴의 한쪽을 무너트렸지.

회전 찻잔처럼 지난밤이 빙글뱅글 돌아갈 때

어지러운 포옹을 틈타 서로의 각도를 점쳤다.

우린 하나의 목도리를 감고 걸었지.

다만 어울려 있음의 혼란한 기쁨으로.

줄 이어폰을 나눠 끼듯 어떤 얽매임은

무한∞을 그리는 배웅과 마중 같아서

너는 웃었다. 이렇게 다정한 교수형은 처음이야.

포근하게 뒤엉킨 사슬을 따라

고양이가 독차지한 세계의 중심으로 빙글뱅글
빨려 들어갔다.

서로에게 묻어둔 두 눈이 천천히 녹아드는 오늘

어깨에 내려앉은 얼룩의 감정을 이해해.

날갯짓이 서툰 요정의 멀미를.

# 회두

응답 없는 밤을 딛고 이별이 자라났지 꿰매어진
눈동자에서 출발한 빛

무엇을 두고 떠나온 걸까 검은 비닐봉지에 담아
내놓은 어제에서 진물이 흐를 때

버려진 기도는 다음 날부터 낡기 시작하지
어떻게 알아차렸을까, 내쳐진 자리에 맴도는 습
기를

거리는 구겨지고 있어
마음이 흘러넘쳐 눈을 잃었네
눈물은 때로 눈꺼풀을 바느질하여
질긴 매듭을 짓고

오래된 솜의 흰빛은 슬프구나

기다리다 터져나온 믿음은


궤도를 돌아온 걸까 화려하게 더럽혀진 몸으로

떠나간 귓가에 기대어 속삭인다


얼굴을 돌려줘

다정히 늙어가던 시간을

# 도넛 구멍 속의 잠

　당신 그 꿈 얘기 좀 해봐요 초콜릿이 흘러넘치는 도넛 상자를 들고 설탕 사막을 찾아가던 꿈

　고운 모래들이 은빛으로 반짝였고 목구멍을 한껏 열어 바람 냄새를 맡으면 달콤한 입자들이 기도까지 흘러 들어왔어요 도넛들과 함께 설탕 모래 위를 구르며 이번 생을 자축했어요 이렇게 달콤한 잠이라니 최고다 예상 못 한 선물이야 도넛이 많아질수록 새로 생긴 동그라미들이 늘어서고 그들의 중력이 흰 사막을 빨아들이기 시작하고 세상이

　구멍과 구멍 아닌 것으로 나뉠 때 고대에서 온 인간처럼 거대한 도넛의 주위를 맴돌았어요 설탕 범벅이 된 채 동그랗게 모여드는 하늘을 바라보다 뒤늦은 깨달음이 찾아왔어요 우린 아주 긴 구멍을

가진 도넛들이었군요

　이대로 마음을 시작할 수 있겠어요? 당신 코 고
는 소리를 들으며 낡은 자루에서 설탕이 쏟아져 내
리는 모습을 상상했어요 짙어지는 수면으로 고르게
내려앉는 단잠의 소리

　코 골 때의 당신은 꼭 웃다가 우는 것 같지 잠든
자의 벌린 입으로 흘러 들어가 검게 절여진 구멍을
구해올 수 있겠어요? 세 마디로 이루어진 행성이
있어서 우린 생의 대부분을 그 주위를 맴돌며 보낸
다고요 매일 새로운 궤도의 웃음을 개발하려

　떠나온 세계에는 더 이상 지어낼 입술이 없군요
깨어나면서, 단맛으로 얼룩진 잠을 털어내면서, 구

멍이 도넛을 존재하게 하듯 어리석음은 매번 꿈으
로부터 우리를 구출해내는군요

　기억해요 만약 어젯밤 꿈에 두고 온 영혼이 있다
면 수상하고 달콤한 도넛 속에 웅크려 당신을 기다
린다는 거

PIN

042

# 흰 페이지를 열고 무대 위로 나아가

이혜미

에세이

흰 페이지를 열고
무대 위로 나아가

시

라는 글자는 작은 지붕과 굴뚝처럼 생겼다.
　그 작은 지붕 아래에서 불을 피우고 밥을 짓고 연
기가 굴뚝으로 흘러나오는 것을 바라봤다.
　지붕 밑이 온갖 빛과 먼지와 얼룩으로 흥건해지
는 줄도 모르고.

△

등단하고 3, 4년쯤. 쫓기는 초식동물의 마음으로 문예지에 신작시를 보내던 때였다. 발표된 페이지의 지면들은 바닥을 향해 열린 문을 닮았었다. 언제든 열려 추락할 수 있는 차가운 설원. 발을 헛디뎌 영영 빠져들 것 같던 흰 늪. 익숙하지 않았던 원고 마감은 언제나 급박했고 고통스러웠다.

봄호 원고를 보내지 못한 채 이소라의 콘서트에 간 적이 있다. 그날은 이소라가 성대결절로 관객 전원에게 공연비를 환불해준 다음 날이었다. '두 번째 봄'이라는 타이틀이 적힌 포스터에서 그는 길거리에 쪼그려 앉아 강아지와 눈을 맞추고 있었다. 목상태를 금방 알 수 있을 만큼 공연 내내 목소리는 떨리고 긁히고 갈라졌다. 나를 포함한 관객들은 응원하는 마음으로 그의 노래를 따라 불렀다. 힘내요 언니. 어려우면 안 해도 돼. 그런 말들을 속으로 되뇌면서. 그는 높고 위태로워 보이는 의자에 앉아 어깨를 한껏 옹송그리고 노래했다. 힘겹게 이끌어온

공연이 거의 끝나 마지막 곡을 앞두고 있었다.

　─제가요, 앨범을 내면요, 사람들이 막, 이제 변했다, 이소라 별로네, 옛날만 못하네, 아니면 그냥 그렇다, 이런 말들 듣는 게 너무 이상했어요. 나는 되어가는 중인데, 이건 과정인데, 매번 내가 내는 작업마다 단면을 잘라 계속 평가한다는 게, 힘들기도 했어요. 그런데도 왜 계속 이걸 하냐면…….

　더듬더듬 이어지는 이야기를 들으며 그의 검은 옷, 마른 어깨, 삭발한 지 얼마 안 되어 짧게 자라난 머리카락을 바라보았다. 위에서부터 드리우던 핀 조명. 빛의 삼각형에 잠긴 이소라의 테두리와 몸의 윤곽에 빨려드는 기분을 느끼며. 말을 하다 말고 그는 한참 동안 침묵했다. 1분, 2분쯤이었을까……………………. 조금씩 사람들의 웅성임이 시작될 즈음 그는 떠밀리듯이 말했다.

　─잊혀지고 싶지 않아요.

△

그 말을 잊을 수 없다.

△

시를 지면에 실을 때마다 두려운 무대 위에 올라
가는 기분이 들었다. 곧 무너질 듯한 단상 위. 시선
의 조명에 눈앞이 새하얘지는 독무대에서 실패할지
도 모르는 노래를 불러야 하는 가수처럼. 여기에 있
어요, 어리숙한 미완성이라도, 무언가를 조금씩 해
나가고 있어요. 잊혀지고 싶지 않다는 말은 곧 존재
하기를 포기하지 않겠다는 다짐이고, 있는 힘을 다
해 이 세계에 남아 있기로 결정한 의지이기에. 갈라
지는 목소리로, 떨리는 마음으로. 그렇게 지속하기.
거대하고 막연한 눈동자를 마주하며 견디고 또 나
아가는 일.

△

젖은 날개를 만지듯 깨어난다. 아무 꿈도 꾸지 못
하고 일어난 아침엔 밤새 영화관의 빈 스크린을 바
라본 관객 같다. 일어나자마자 침대 옆에 걸어둔 일
력을 뜯어 뒷장에 무엇이든 쓴다. 아침마다 적은
365장의 종이를 갖는 것이 올해 세운 목표 중 하
나다. 문장을 기다려 펜을 들면 돋아나는 여섯 번
째 손가락. 크지 않은 일력이라 많은 글자를 적기는
어렵다. 주로 지난밤의 꿈을 옮기거나 오늘의 계획,
만나게 될 사람들에 대해 쓴다. 혹은 창밖을 바라보
며 그날의 공기와 온도를 짐작하거나, 나무에 멧비
둘기들이 날아와 빨간 열매를 쪼아 먹는 모습, 새가
떠난 뒤 위태로이 흔들리는 가지의 모양을 기록한
다. 그리고 자주 오늘의 운세를 써둔다. *마음을 다
해 지워진 연을 안는다면 다시 드넓은 청보리밭을
얻을 것이다. 오래 기다려온 소식을 듣겠고 기후의
도움을 받으니 동남쪽의 물결을 따라 날것의 기운
이 북돋으리라. 도취된 물고기처럼, 어린 새의 치솟*

는 불안처럼. 여러 날 씻어 받아낸 쌀뜨물의 흰빛이 비로소 흘러넘침을 보겠다.

뜯긴 일력에 밤을 떠돌던 시선들이 묻어 있다.

잠에서 덜 깨어 철없는 소리를 끄적여도 문장은 가만히 나를 맡아준다.

고마운 일이다.

△

시는 어디에서 끝나야 할까. 눈보라에도 마지막 주자가 있겠지. 가장 끝으로 내려온 눈송이는 환대와 배웅을 동시에 받겠지. 눈송이들은 저마다 사라지려는 손을 흔들며 마지막 비행을 마치는데. 문장을 끝내기가 힘들다. 이리저리 굴린다. 시는 녹는다. 질척거리다 진창이 되어간다. 계속 만지면 망치는 줄을 알면서도 손안에서 말을 움켜쥔다. 손끝이 얼얼해질 때까지. 시간이 허락하고 생각이 이어지는 한 끝없이.

시간과 생각은 시를 쓰는 사람의 병증 같다. 중국의 지수사枝首蛇, 앞뒤가 모두 머리인 뱀처럼. 한쪽에는 시간, 한쪽에는 생각의 두 머리를 달고. 그런 막막함을 안고 쓴다. 어디로도 갈 수 있고, 어디로도 갈 수 없는 마음으로.

△

그 말을 한 다음 이소라가 불렀던 노래는 기억나지 않는다.

△

시는 기억하지 않으면 나아가지 못하는 시간예술이다. 앞의 음을 얻어내어 어울리다 나아가는 음악처럼, 시 역시 말해진 단어들과 문장을 기억하는 힘으로 전개된다. 사이들을 이어 붙이기. 그건 기억하고 연결하겠다는 의지이고 시가 이어지는 원동력이다. 시간과 인간이 같은 '사이 간間' 자를 공유하는 이유. 앞일을 모르는 존재로서 나는 미래를 만나기

위해 쓰며 나아간다. 그건 두렵고 어려운 일이지만,
오늘의 운세를 미리 적어보는 것처럼 신비롭고 흥
미로운 일이기도 하다.

△

입속의 벌이 조급하게 붕붕거린다.
섣불리 쫓아내면 혀를 쏘일 듯하고
입을 다물면 목구멍 사이에 갇힐 말들.

말을 지어야지. 사람은 날개가 없기에 생각의 힘
으로 창공을 얻을 수밖에. 부채산호의 군락이나 기
린, 화려한 잎사귀를 가진 열대식물은 자신의 육체
와 색으로서 아름답지만, 사람은 그럴 수 없으니 마
음의 힘으로 펼칠 수밖에.

△

시를 쓸 때 나는 몰아치는 바람을 견디며 서 있다.

휘청이며 여섯 번째 손가락을 꺼낸다.
흐름 속에서.

그것을 쓴다.

△

종이에 글자들을 부려놓는다. 자음과 모음들로
이루어진 근사한 퍼즐이 존재한다고 믿고 싶어서.

△

별은 바라보는 시선 안에서 완성된다. 어둠을 비
집고 간신히 보이는 빛의 흔적을 거대한 행성으로
받아들이는 마음. 그 생각의 힘으로 별은 비로소 의
미가 될 수 있다.

계속할 것이다. 모욕과 슬픔을 관통하며 걸어가
더 환한 생각들을 만나야지. 잊혀지고 싶지 않으니
까. 어떤 이의 목소리는 듣는 자에게 스며들어 새롭

게 나아갈 용기를 준다. 능란한 노래보다는 나지막
하고 쓸쓸한 고백의 힘으로.

△

시

라는 글자는 환하게 비추는 조명으로부터 조금
빗겨 서 있는 사람으로도 보인다.

빛 곁에서.
빛 없이도.

# 흉터 쿠키

지은이 이혜미
펴낸이 김영정

초판 1쇄 펴낸날 2022년 9월 25일
초판 5쇄 펴낸날 2023년 12월 29일

펴낸곳 (주)현대문학
등록번호 제1-452호
주소 06532 서울시 서초구 신반포로 321(잠원동, 미래엔)
전화 02-2017-0280
팩스 02-516-5433
홈페이지 www.hdmh.co.kr

ISBN 979-11-6790-126-2 04810
     979-11-6790-074-6 (세트)

• 책값은 뒤표지에 있습니다.

# 현대문학 핀 시리즈 시인선